MES PLIAGES EN 3D

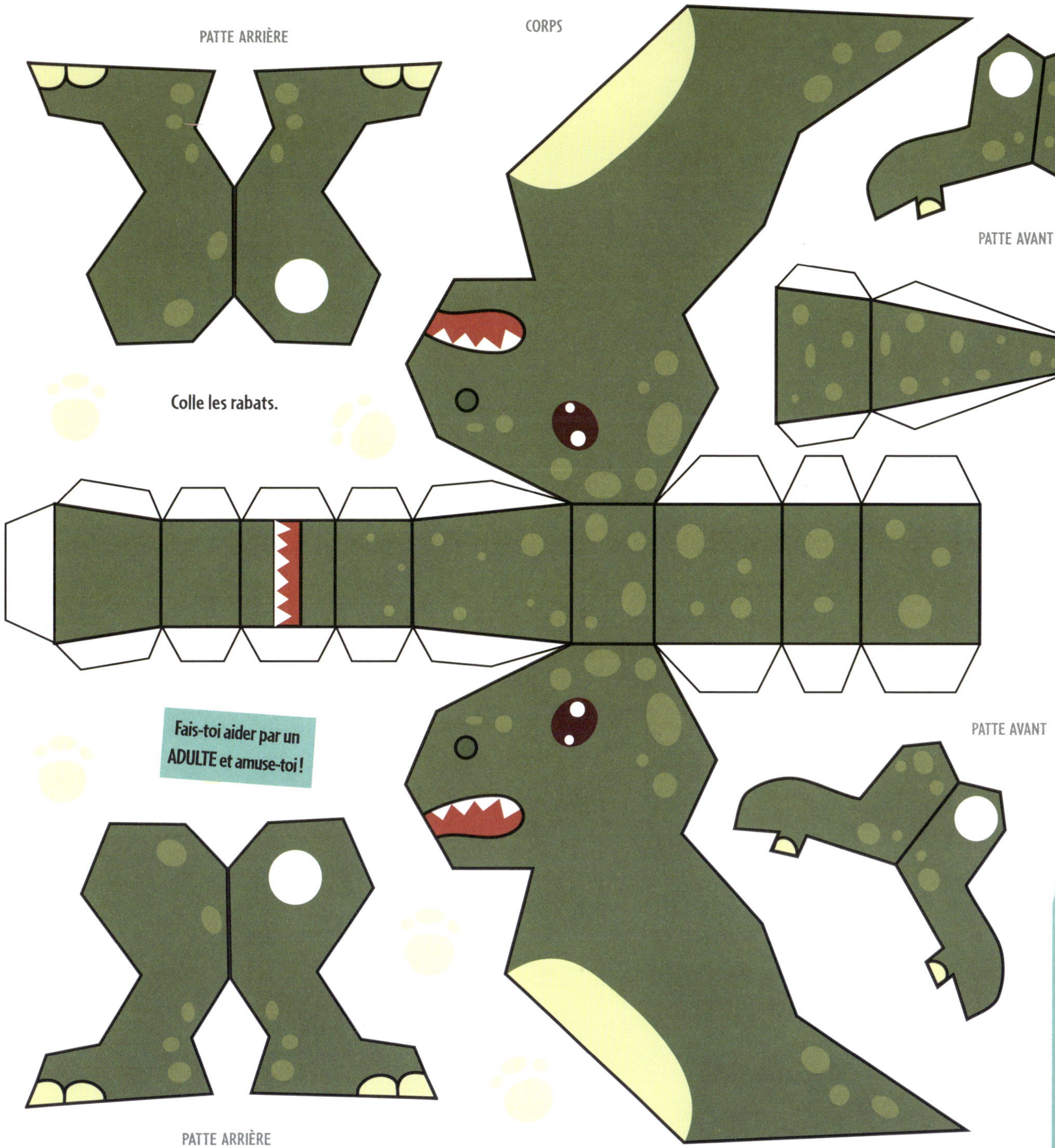

DÉCOUPE ET **COLLE** EN **3D**

DÉCOUPE ① COLLE ② CRÉE ③

ASSEMBLE LES ÉLÉMENTS ET CRÉE TON TYRANNOSAURE !

MES PLIAGES EN 3D

Fais-toi aider par un ADULTE et amuse-toi !

Plie les différentes parties.

Colle les rabats.

DÉCOUPE ET COLLE EN 3D

DÉCOUPE 1

COLLE 2

CRÉE 3

ASSEMBLE LES ÉLÉMENTS ET CRÉE TON BÉBÉ DINOSAURE !

MES PLIAGES EN 3D

Fais-toi aider par un ADULTE et amuse-toi !

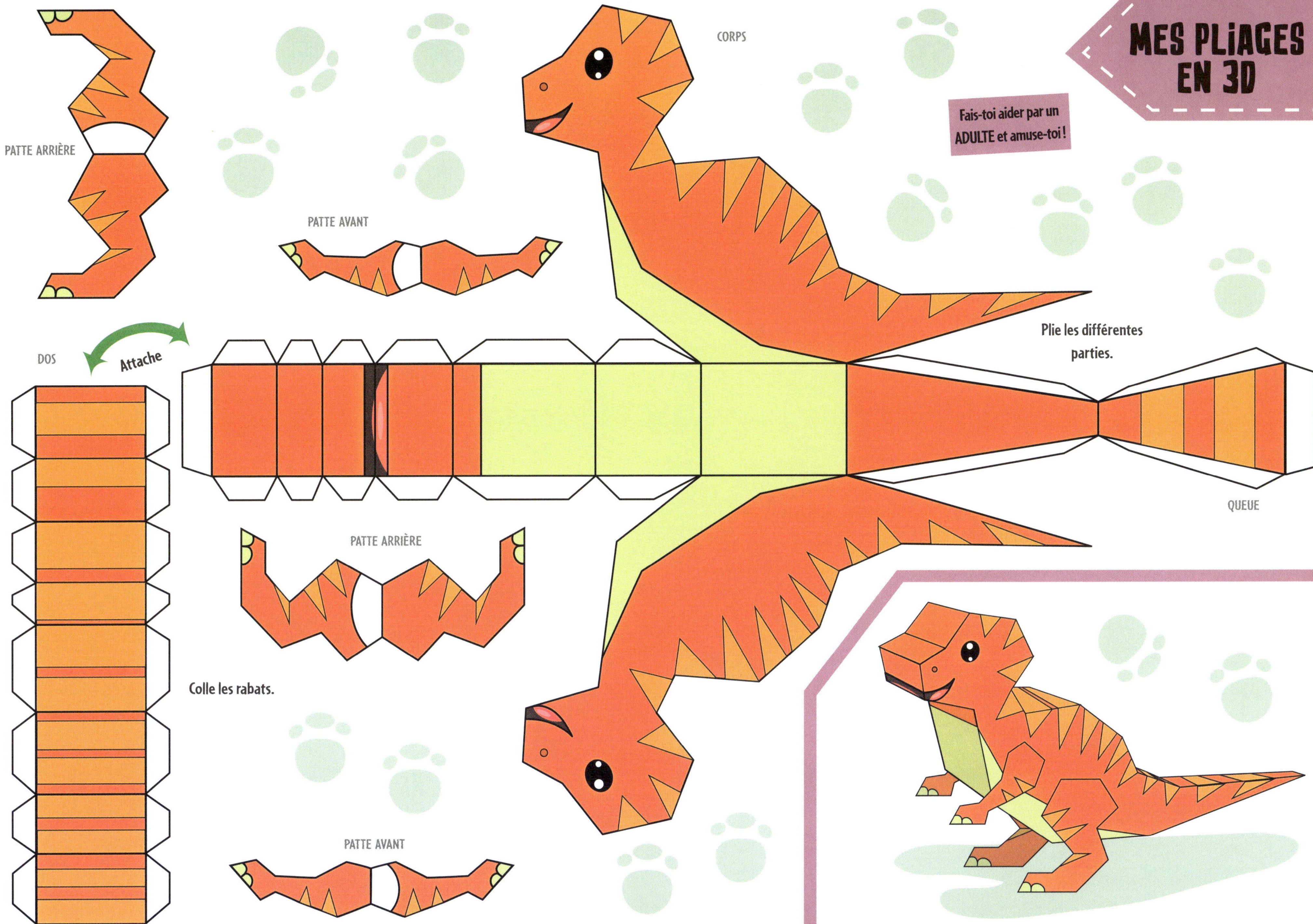

Plie les différentes parties.

Colle les rabats.

DÉCOUPE ET COLLE EN 3D

DÉCOUPE 1 — COLLE 2 — CRÉE 3

ASSEMBLE LES ÉLÉMENTS ET CRÉE TON DIPLODOCUS !

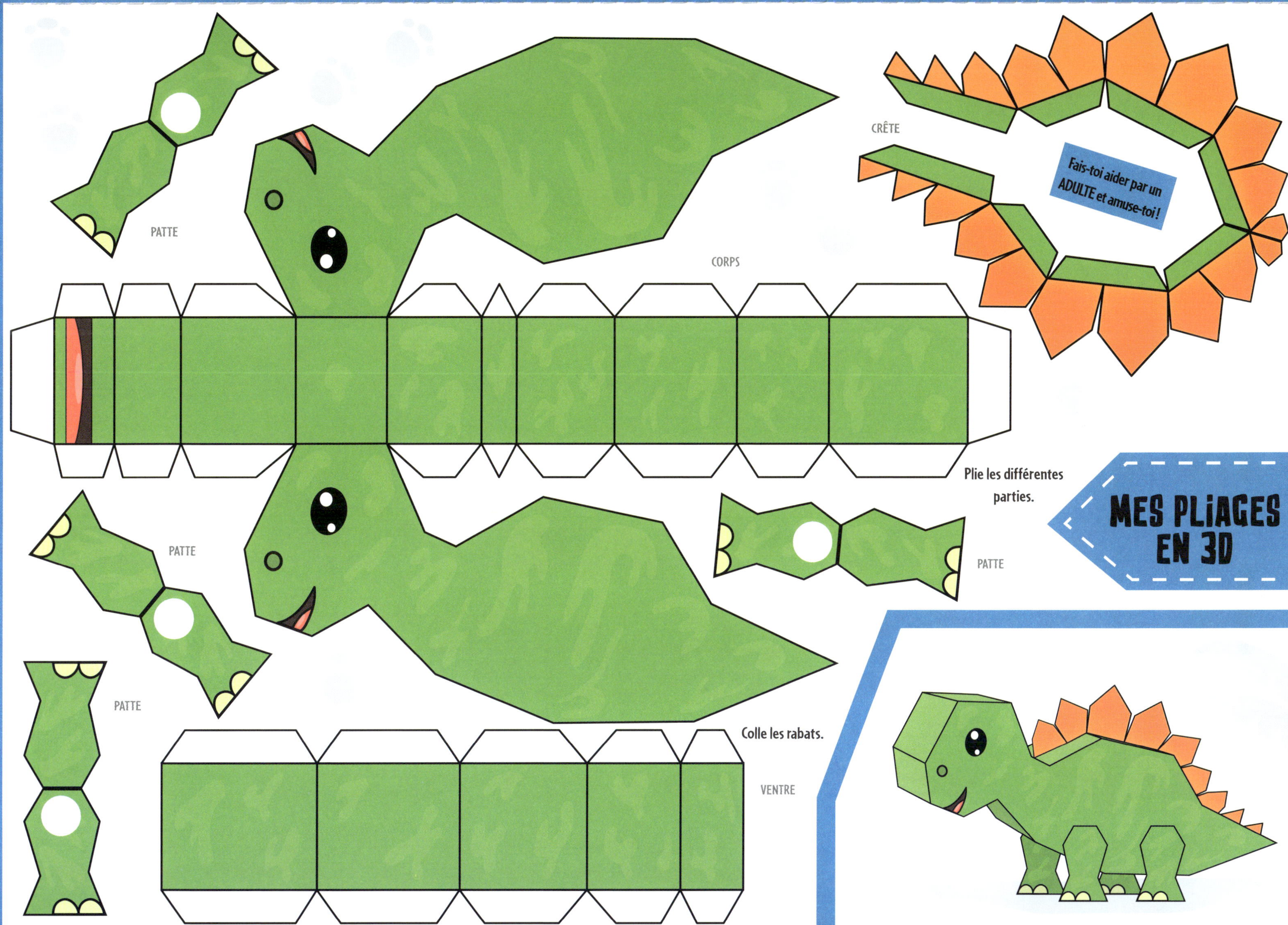

DÉCOUPE ET **COLLE** EN **3D**

DÉCOUPE ①

COLLE ②

CRÉE ③

ASSEMBLE LES ÉLÉMENTS ET CRÉE TON STÉGOSAURE !

MES PLIAGES EN 3D

Plie les différentes parties.

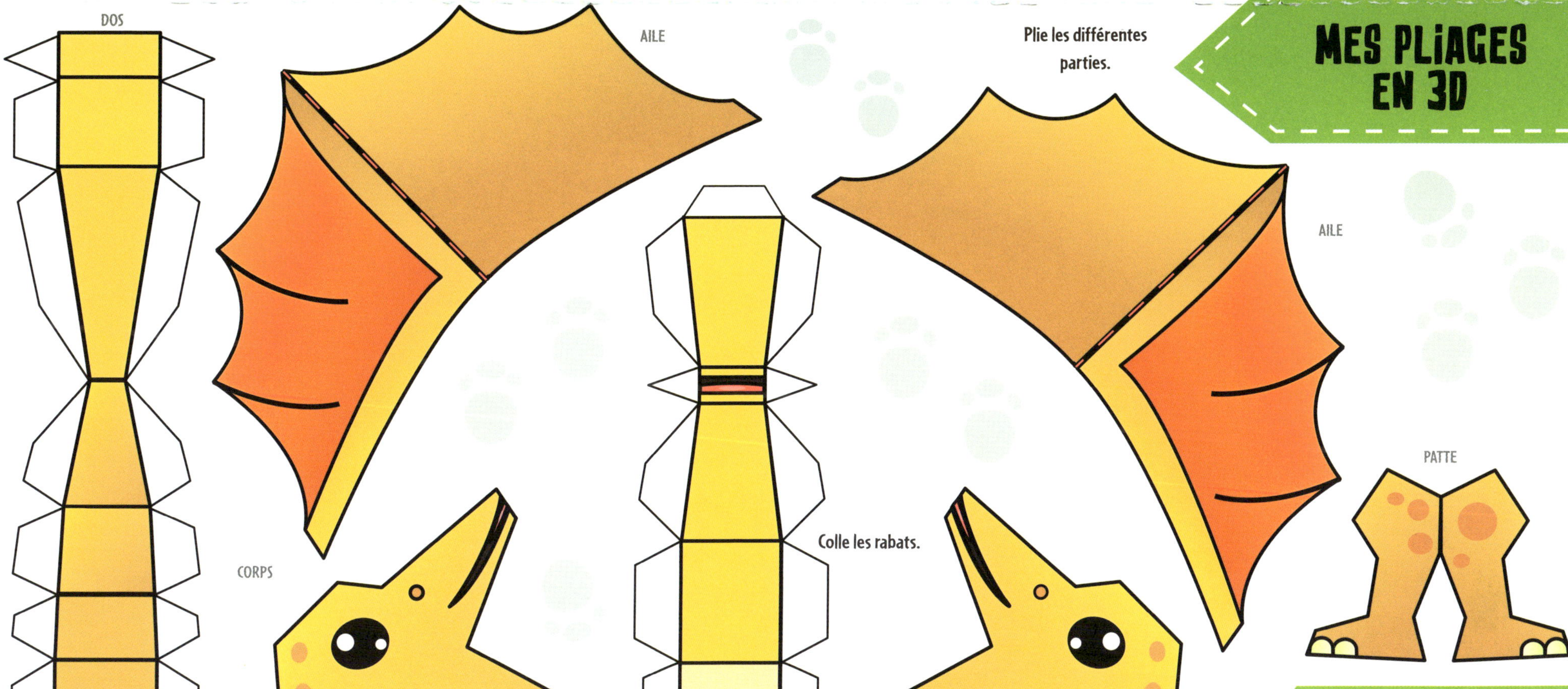

Colle les rabats.

Fais-toi aider par un ADULTE et amuse-toi !

DÉCOUPE ET COLLE EN 3D

DÉCOUPE 1

COLLE 2

CRÉE 3

ASSEMBLE LES ÉLÉMENTS ET CRÉE TON PTÉRODACTYLE !

MES PLIAGES EN 3D

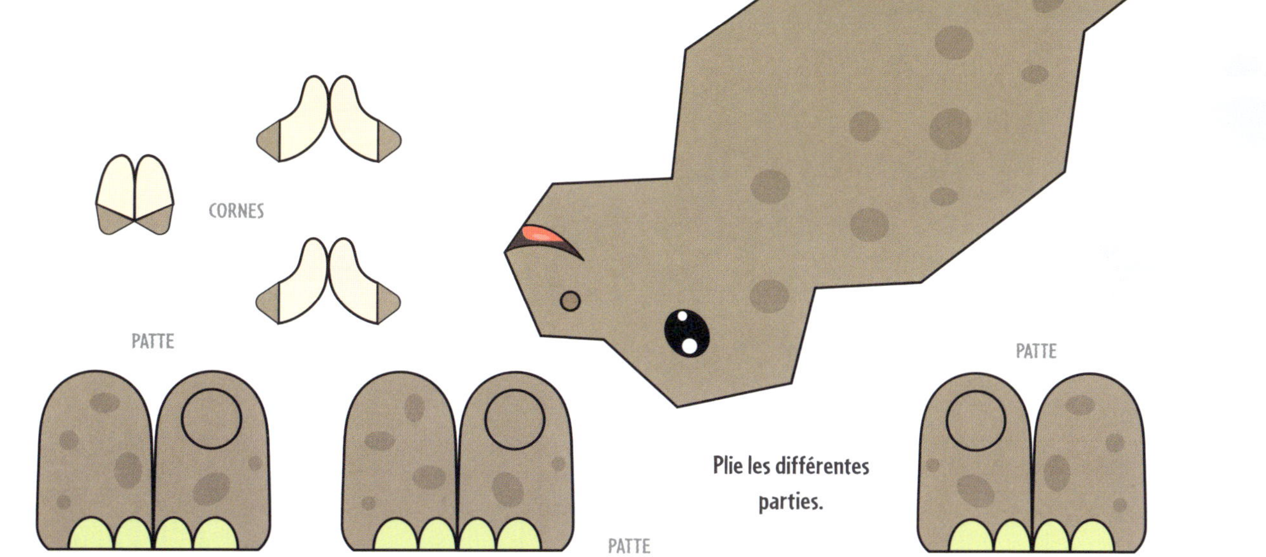

DÉCOUPE ET COLLE EN 3D

DÉCOUPE 1

COLLE 2

CRÉE 3

ASSEMBLE LES ÉLÉMENTS ET CRÉE TON TRICÉRATOPS !

MES PLIAGES EN 3D

Fais-toi aider par un ADULTE et amuse-toi !

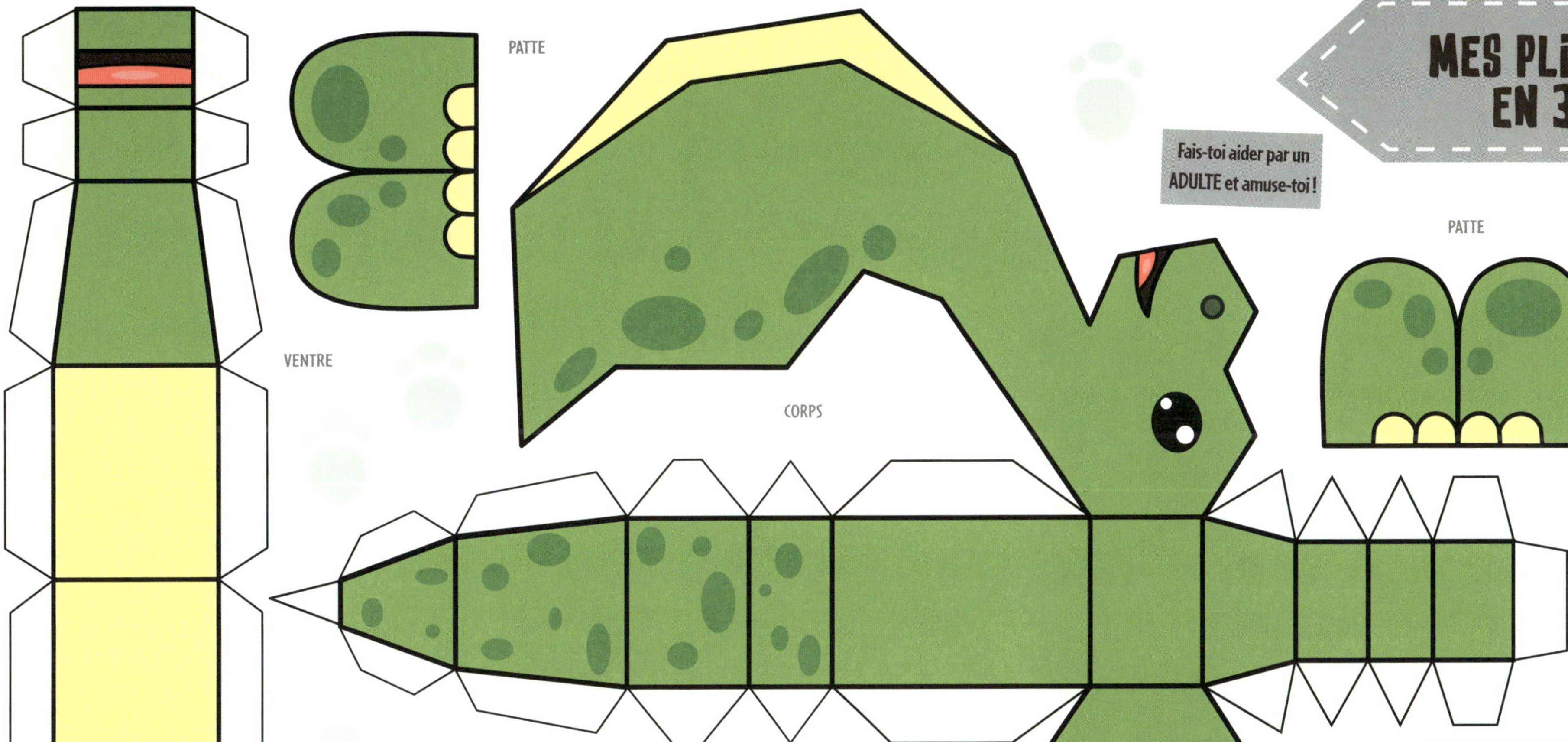

Plie les différentes parties.

Colle les rabats.

DÉCOUPE ET COLLE EN 3D

DÉCOUPE 1

COLLE 2

CRÉE 3

ASSEMBLE LES ÉLÉMENTS ET CRÉE TON CAMARASAURE !

MES PLIAGES EN 3D

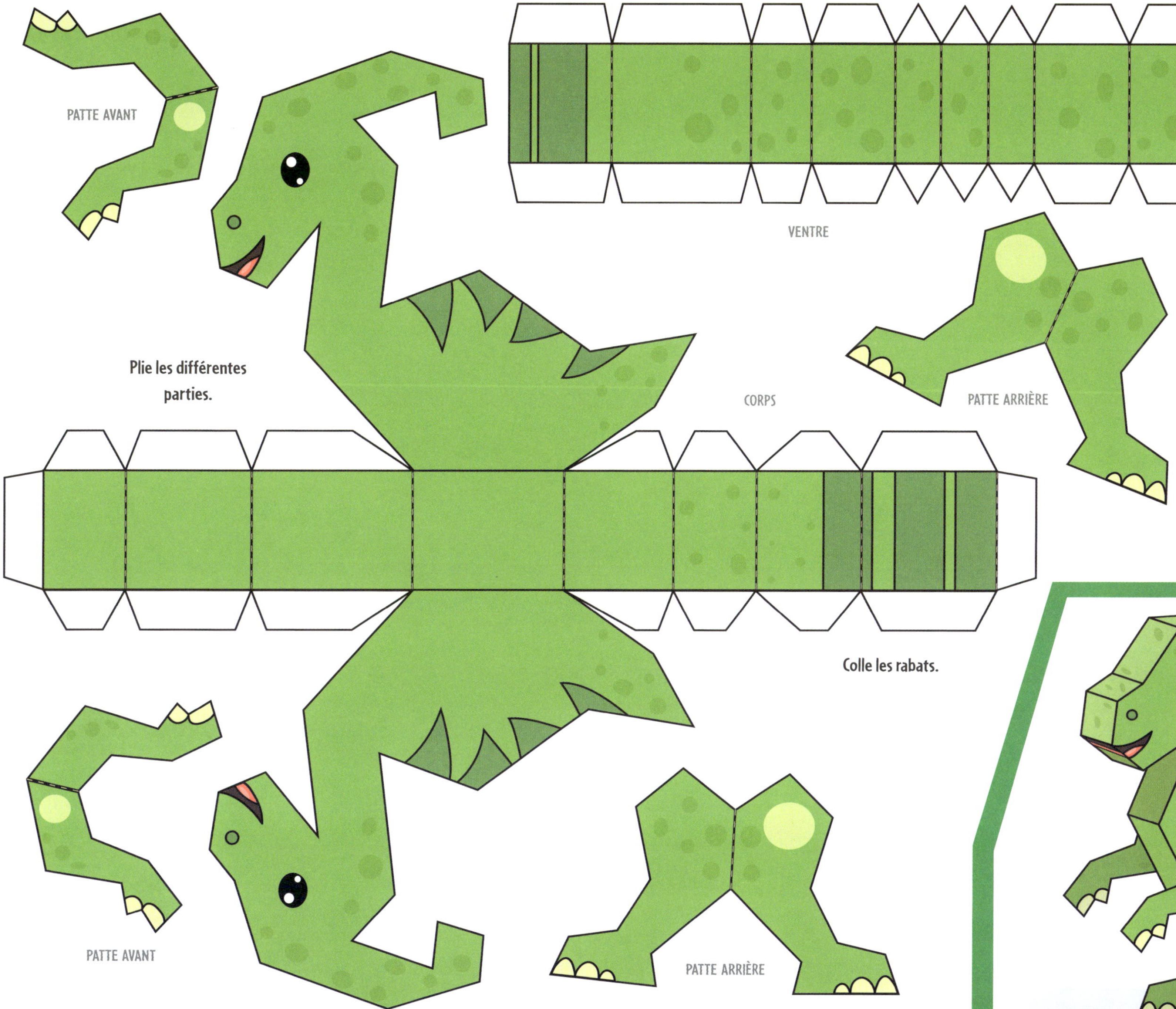

Plie les différentes parties.

Colle les rabats.

Fais-toi aider par un ADULTE et amuse-toi !

DÉCOUPE ET COLLE EN 3D

DÉCOUPE ①

COLLE ②

CRÉE ③

ASSEMBLE LES ÉLÉMENTS ET CRÉE TON PARASAUROLOPHUS !

MES PLIAGES EN 3D

Fais-toi aider par un ADULTE et amuse-toi !

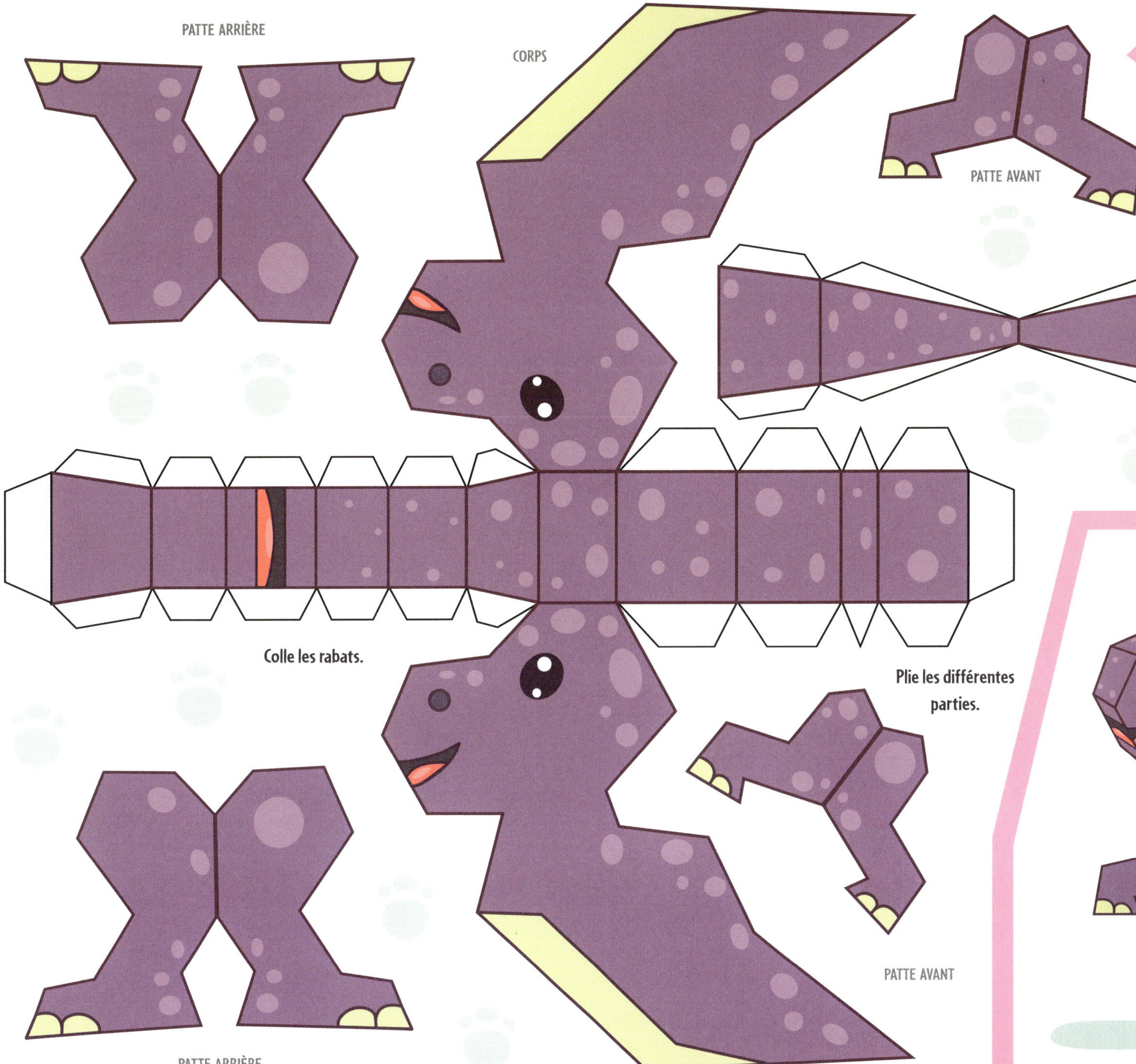

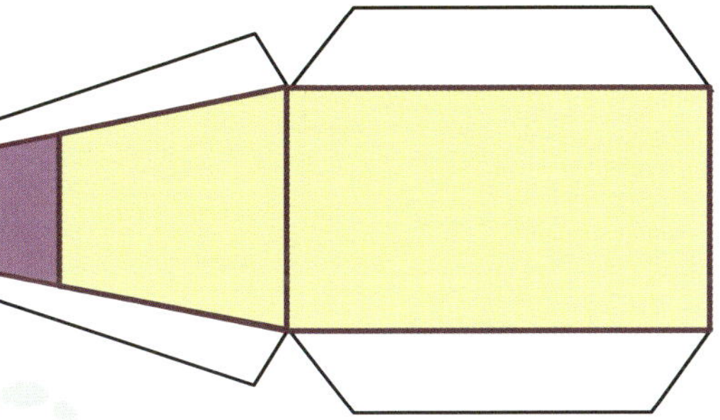

DÉCOUPE ET COLLE EN 3D

DÉCOUPE 1 — COLLE 2 — CRÉE 3

ASSEMBLE LES ÉLÉMENTS ET CRÉE TON CARNOTAURE !

MES PLIAGES EN 3D

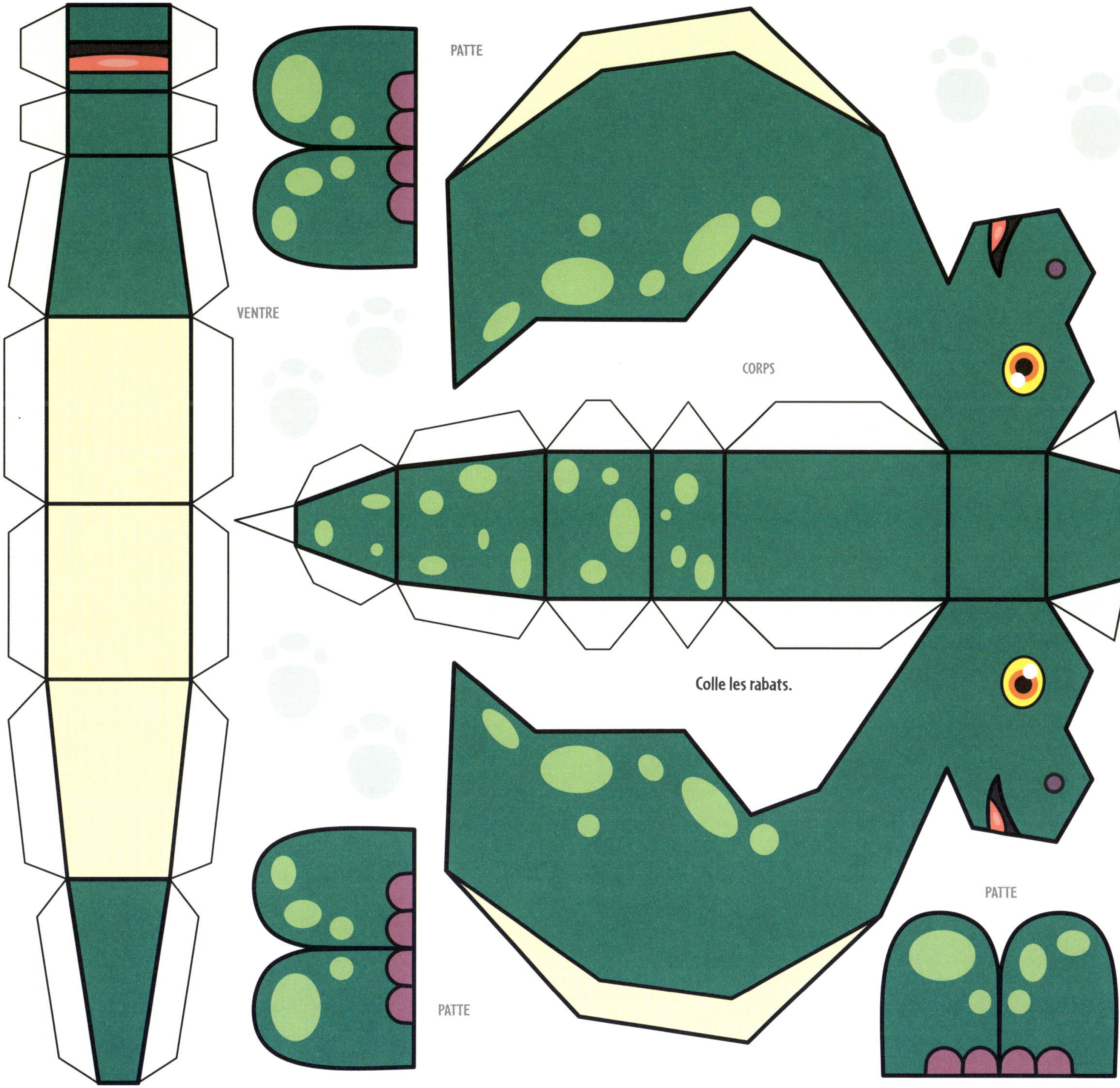

Plie les différentes parties.

Colle les rabats.

Fais-toi aider par un ADULTE et amuse-toi !

DÉCOUPE ET COLLE EN 3D

DÉCOUPE 1

COLLE 2

CRÉE 3

ASSEMBLE LES ÉLÉMENTS ET CRÉE TON BRACHIOSAURE !

MES PLIAGES EN 3D

Plie les différentes parties.

Colle les rabats.

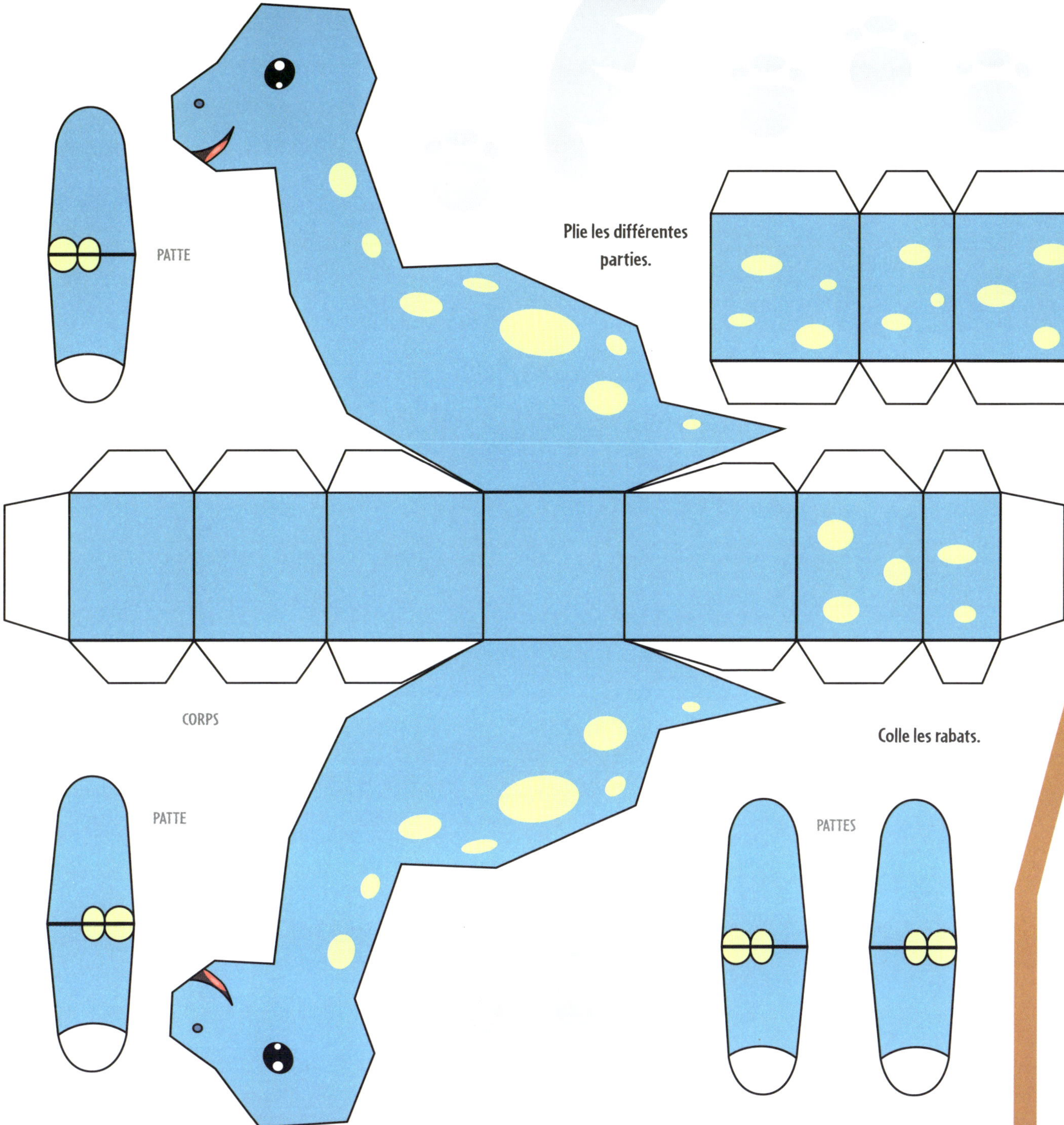

Fais-toi aider par un ADULTE et amuse-toi !

DÉCOUPE ET COLLE EN 3D

DÉCOUPE ①

COLLE ②

CRÉE ③

ASSEMBLE LES ÉLÉMENTS ET CRÉE TON BRONTOSAURE !

MES PLIAGES EN 3D

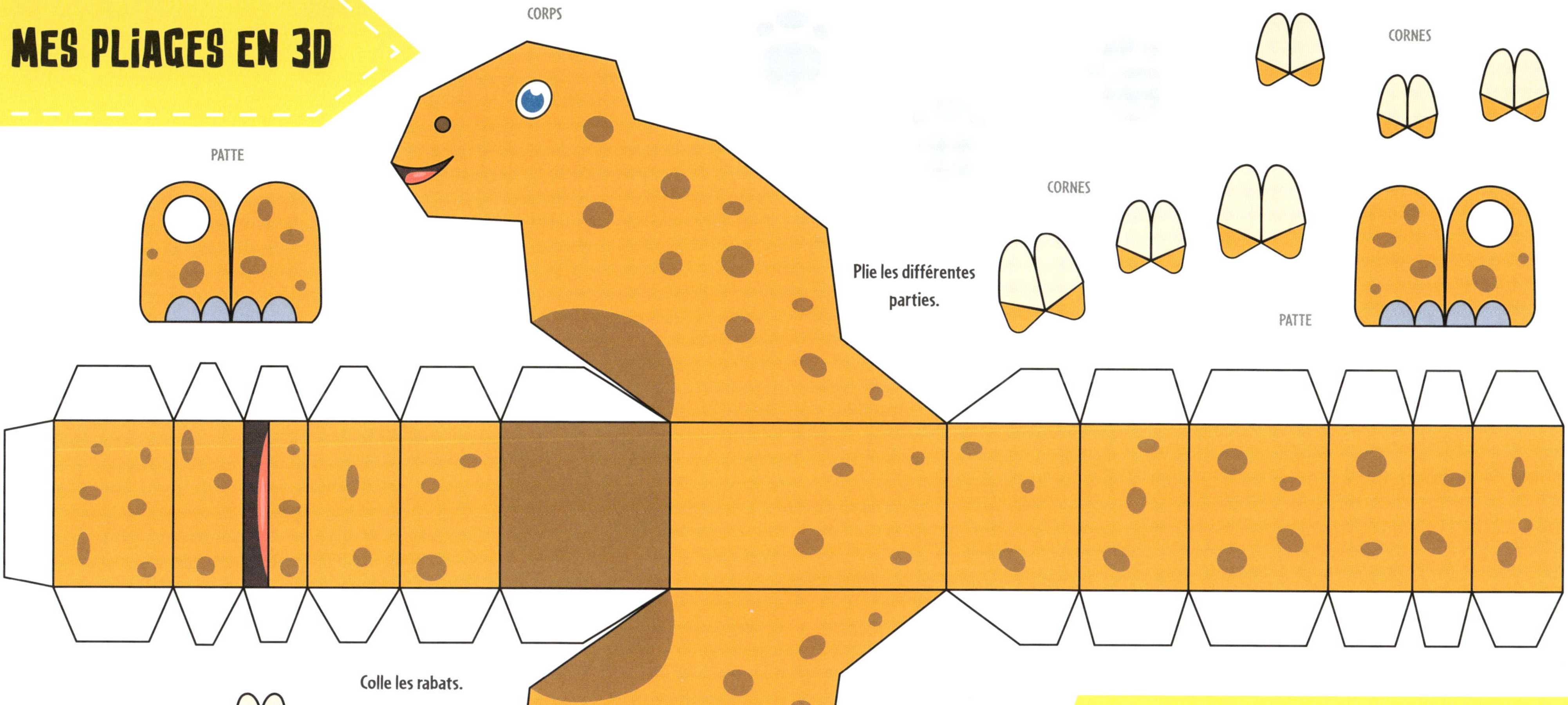

Plie les différentes parties.

Colle les rabats.

Fais-toi aider par un ADULTE et amuse-toi !

DÉCOUPE ET **COLLE** EN **3D**

DÉCOUPE 1

COLLE 2

CRÉE 3

ASSEMBLE LES ÉLÉMENTS ET CRÉE TON SPINOSAURE !

Création et illustrations : Creabooks

Pour la version française :
Direction éditoriale : Hélène Tellier
Suivi éditorial : Océane Deruaz
PAO : Nathalie Lachaud, Francis Rossignol
Photogravure : Bertrand Desboudard

Pour la présente édition :

ISBN : 9782366538663
Dépôt légal : mai 2022

Achevé d'imprimer : mars 2022
Imprimé en Italie